Ingeborg Feustel

Die Dickbauchbrüder

Illustrationen
von Thomas Schallnau

Altberliner Verlag

Was für ein Regen! Dicke Tropfen rollen von den Distelblättern auf den Löwenzahn – und vom Löwenzahn in das Gras. Hundert Regenbäche rinnen in die große Pfütze.

»Rechts plitsch-platsch, links plitsch-platsch!« singt jemand hinter dem Hügel. Auf dem Hügel steht ein Schweinchen. Es streckt seine vier Beine von sich und rutscht auf seinem dicken Bauch in die Pfütze.

Auf dem Hügel steht noch ein Schweinchen. Es rollt wie ein Kürbis hinterher und in die Pfütze hinein.

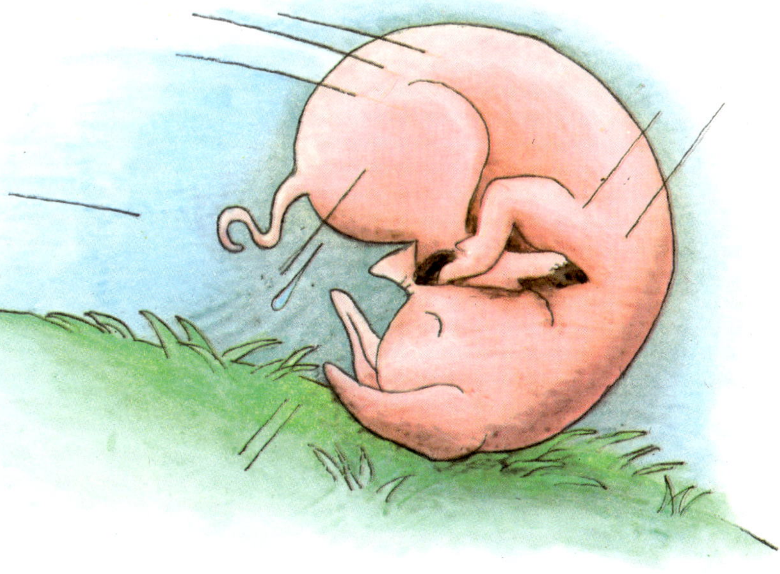

Dann ein drittes und ein viertes Schweinchen.
Auf dem Hügel steht die Schweinemutter und schnauft.

Die Schweinchen tummeln sich in der Pfütze. Beine, Ohren, Ringelschwänze – alles durcheinander, und dazwischen spritzt die Pfützenpampe. Niemand kann zählen, wie viele Schweinchen es sind.

Die Schweinemutter stampft mit den Füßen. Da marschieren alle Schweinchen brav aus der Pfütze heraus. Eins – zwei – drei – vier!

Doch wer ist der?
Die Schweinemutter wischt sich die Pfützenspritzer aus den Augen und zwinkert. Sie marschiert mißtrauisch um den Dicken herum. Eine Rüsselnase hat er – er hat Hängeohren und ein Fadenschwänzchen – alles zu groß, aber immerhin.
Der dicke Graue senkt den Kopf.

»Wie es auch ist, eine Mutter brauchst du allemal!«
Die Schweinemutter marschiert weiter, die Schweinchen hinterher.
Eins – zwei – drei – vier – und der dicke Graue.

Die Schweinemutter seufzt. Vielleicht wäscht er sich wieder zurecht, hofft sie.
Die Schweinchen planschen und quieken im klaren Bachwasser. Sie hüpfen durch die Huflattichblätter und schütteln sich die Tropfen ab. Da sehen sie wieder aus, wie rosa Schweinchen auszusehen haben.

Eins – zwei – drei – vier! Nur das fünfte bleibt grau. Die vier rosa Schweinchen stoßen sich an und kichern. Der dicke Graue senkt den Kopf.
Die Schweinemutter seufzt und marschiert über die

Bachbrücke. Vier Schweinchen stampfen im Takt hinterher.
Wie das dröhnt!
Der dicke Graue faßt mit seinem Rüssel den Ringelschwanz vom vierten Dickbauchbruder und stampft mit.

Die Brücke knarrt. Eins – zwei!
Die Brücke ächzt und wackelt.
Eins – zwei! Eins – zwei!
Die Brücke kracht. Der dicke Graue strampelt im Bach. Die vier Schweinchen hocken im wilden Baldrian und kichern und bekommen vor Schadenfreude rote Nasen.

Die Schweinemutter seufzt und marschiert weiter. Die vier Dickbauchbrüder marschieren hinterher.
Eins – zwei – durch gelben Löwenzahn.
Eins – zwei – durch Zittergras.
Eins – zwei – durch das Loch im Zaun.
Der Graue trottet hinterher. Eins – zwei – mit dem dicken Kopf in den Zaun hinein. Die Zaunlatten mit den Feuerbohnen hängen ihm wie ein Hut um die Stirn.

Die Schweinchen kichern. Der dicke Graue senkt den Kopf und schüttelt die Zaunlatten von der Stirn. Die Schweinemutter seufzt und zerrt eine Feuerbohnenranke von seinen Ohren.

»Der Tolpatsch kann nicht einmal durch den Zaun schlüpfen!« Die Schweinchen stampfen vor Vergnügen mit den Beinen. Sie lachen und quietschen und springen um den dicken Grauen herum. Der Graue klappt die Ohren über die Augen und schämt sich.

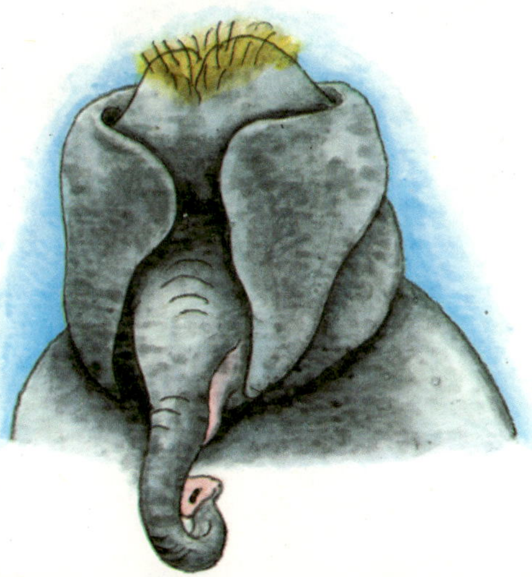

Plötzlich knurrt es drohend hinter dem Rhabarber. Ein Hund steht unter dem Apfelbaum. Die vier Schweinchen stieben auseinander.
Der Graue steht still und sieht dem Hund entgegen. Die Schweinchen flüchten hinter sein dickes Hinterteil. Der Hund kommt näher. Sein Nackenfell sträubt sich. Die vier Schweinchen quieken vor Angst.

Der dicke Graue taucht seinen Rüssel in die Wassertonne unter der Pumpe. Der Hund fletscht drohend die Zähne. Der Graue schiebt ihm seinen Rüssel entgegen und bläst. Er spritzt dem Hund einen Wasserschwall mitten ins Gesicht. Das hat der Hund nicht erwartet. Er jault und nimmt Reißaus.

Die vier Dickbauchbrüder prahlen.
»Wir haben den großen Hund verjagt!« quiekt der erste.
»Wie er rennt!« grunzt der zweite.
»Was sind wir für Kerle!« schreit der dritte.
Der vierte sagt gar nichts.
Irgendwo in der Ferne dudelt Zirkusmusik. Der dicke

Graue spitzt die Ohren und marschiert los. Die vier Schweinchen marschieren neugierig hinterher. Die Schweinemutter seufzt und marschiert mit.

Eins – zwei – auf dem Weg entlang.

Eins – zwei – über den ersten Sandhügel.

Eins – zwei – über den zweiten Sandhügel.

Eins – zwei – bis zum großen Zirkuszelt.

Vor dem Zirkuszelt ordnen sich vier Elefanten zum Einmarsch in die Manege. Jeder packt das Schwänzchen des Vordermannes mit seinem Rüssel. Der dicke Graue hängt sich hinten an. Er ist der kleinste.
»Wurde aber auch Zeit!« brummt der erste Elefant.

Die Zirkuskapelle spielt einen Marsch. Die Elefanten stapfen in die Manege. Neugierig zwängen die vier Dickbauchbrüder ihre Köpfe unter das Zirkuszelt und staunen.

Der kleine graue Elefant spielt auf einer riesigen Mundharmonika. Die vier Elefanten tanzen dazu.
Die Leute klatschen so heftig, daß die Pauke leise mitbrummt.
»Das gefällt den Leuten!« flüstert das erste Schweinchen.
»Er ist ein Künstler!« ruft das zweite.

»Und er ist unser Bruder!« sagt das dritte stolz.
Das vierte Schweinchen sagt nichts. Es staunt.
Die Vorstellung ist vorbei. Der kleine Elefant marschiert mit den anderen Elefanten in den Stall.
Die Schweinemutter trottet auf dem Wiesenweg nach Hause – die vier Schweinchen hinterher.

Auf dem Sandhügel bleibt das vierte Schweinchen stehen und sieht zum Zirkuszelt zurück.
»Ich werde ihn morgen besuchen. Vielleicht borgt er mir seine Mundharmonika.«
Eins – zwei – geht es den nächsten Hügel hinauf.
Eins – zwei – geht es den Hügel hinunter.
Dann sind alle verschwunden.

3. Auflage 1988
Lizenznummer 369-110/60/88

Herstellung: Druckerei Phönix, Berlin
7855348 00410

ISBN 3-357-00117-9